絆 KIZUNA

田乃中保護司の事件簿

新装版

小野篤郎

ONO Atsuro

文芸社

本書は、二〇一四年十一月に弊社より刊行された『田乃中保護司の事件簿 絆』を改装・再刊したものです。

田乃中保護司の事件簿　絆　――◎目次

一　仮釈放　5
二　更生保護施設　11
三　スーパーの店員　20
四　転居　29
五　担当保護司　48
六　転落　57

七　教え子　67
八　わが子　74
九　被害者遺族　92
十　疑惑　107
十一　新たな出発　116
十二　対決　123

一　仮釈放

恵一は、いつもより早く目覚めた。

窓の外は薄暗い。

部屋の中はひんやりとしている。

三月も半ばを過ぎて、日差しも暖かくなってはきたが、コンクリートの壁はひんやりと外の陽気を遮っていた。

仮釈放当日の朝は晴天に近い空であった。

刑期を二年残して出所するが、この六年間の刑務所での生活がスライドショーのように恵一の脳裏をよぎった。

仮釈放式が終わり、鞄と衣類の入った大きな紙袋とを持ち、恵一は刑務所の門をくぐった。

「もう二度と来るまい……」

恵一は小声でつぶやいた。

仮釈放となるには帰住予定地、つまり住居と引受人と呼ばれる身元を引き受けてくれる人が必要だ。通常は妻や親などの親族が引受人となり、仮釈放当日は、家族との涙の再会となるが、恵一には出迎えはなかった。

恵一の行く場所は更生保護施設であった。更生保護施設は住居や身元引受人がいない人のための、法務大臣が認可した更生保護法人が運営する民間の施設である。

恵一は刑務所の職員から手渡された保護観察所への地図を持って駅に向かった。

ごく普通の日常の光景も今の恵一にとっては珍しく新鮮であった。急に現代へタイムスリップしたような感覚であった。

「六年は長かったなあ」

駅に到着し、発券機の前で機械をじっくり眺める。不審そうに隣の客がのぞき込むようにして立ち去った。

ようやく切符を買い、駅のホームに立つ。上り電車を待つ間、久しぶりに自販機から購入したたばこをポケットから取り出し、百円ライターで火をつけた。

久々にたばこの煙を吸い込み、恵一は少しめまいを感じた。

(体がたばこになじんでいないなあ)

そう感じながら、たばこの吸い殻を吸い殻入れに投げ込んだ。

保護観察所の受付に恵一が現れた。

刑務所からもらった書類を受付の若い事務官に見せると、待合室で待つように指示された。

待合室の中には、うなだれた茶髪の少年と厚化粧の母親が座っていた。

恵一は端の方の椅子に腰掛けて黙って前を見つめていた。

「もう、お前、保護観察なんかになって、近所に恥ずかしいやないか。アホ」母親が少年を睨んで言うと、少年は「やかましいわ、アホ」と言い返していた。

そんな親子の光景をぼーっと見ていた時、「山下恵一さん」と呼ぶ声がした。

四十歳くらいの風采の上がらない、ひげづらの男が声をかけていた。少し会釈して立ち上がると、その男は「こちらです」と恵一の先を歩いて部屋まで案内してくれた。

人が四人も入るといっぱいになるような狭い個室に入って、その男と対面する形で座った。

「はじめまして、保護観察官の安西です」と少しにやけたような顔をして、その男が挨拶をした。

「山下さんですね？」

「はい」

それからは、刑務所での生活のこと、仮釈放中の遵守事項という約束事などの説明があった。

「山下さんがこれから世話になる更生保護施設の愛光寮は難波にあってね、繁華街の中でいろいろ誘惑もあると思うけど、施設の規則をしっかり守って下さいよ」

「愛光寮にはどれくらいの人が入っているんですか？」

「えーと、ざっと三十人くらいかなあ。……何度も事件を起こした人もいるから、山下さんみたいな人は連中とあまり付き合わない方がいいよ」

安西観察官は気の毒そうな顔をした。

「山下さんみたいな人はちゃんとした引受人がいればよかったんだけどね。まあ、できるだけ早く金を貯めて自立することが身のためだよ」

安西観察官から事件のことを聞かれたが、「過去の話です」と話をはぐらかした。観察官の立場で見ると、反省していないやつと思われたかもしれない。

「わかりました。一生懸命働きたいと思っています」

恵一は安西に合わせるような返事をして面接室から出て行った。

二　更生保護施設

保護観察所から出た時は午後四時近くになっていた。

地下鉄に乗り、愛光寮に向かった。

愛光寮は駅から十五分ほど歩いた場所にあり、外観は会社の寮に見える。

受付の窓ガラスを開けて人を呼ぶと、六十歳近い年齢の男性職員が部屋に招き入れてくれた。

「山下恵一さんだね。主任の荒垣です」

施設の規則について説明があり、その後、部屋まで案内してくれた。

502号室——部屋の中は四畳半くらいあり、ベッドにテレビ、備え付けのロッカーがあるだけの部屋だった。

風呂は共同で週三日の入浴日が決められていた。門限は午後十一時。仕事は土木作業ならすぐに紹介できる仕事があると言われたが、肉体労働は恵一にはきつく、「事務職を探します」と答えた。

部屋のベッドで横になり、天井を見つめているうちにいつの間にやら眠り込んでいたようで、隣室の物音で目が覚めた。

午後八時、夕食の時間に遅れないように急いで階下に下り、食堂に入った。

もうすでに三、四人くらいしか食事をしていない食堂で、新入りの恵一に皆、厳しい視線を向けてきた。

恵一は気にすることもなく、食事を受け取るとテーブルについた。

刑務所で食べていた食事と比べればまだおいしかった。

ご飯をかきこんでいた時、隣に座ってきた男がいた。

「よう、あんた今日入ったのかい。よろしくな。おれは５０６号室の田中鉄」

そう言うと、男は夕飯のおかずを口に放り込んだ。

(安西観察官があまり相手にしない方がよいと言っていた輩か)

内心そう思ったが、愛想笑いをしてその場をごまかした。

実際、鉄は万引きの常習で常習累犯窃盗で受刑を繰り返している男であった。

更生保護施設には様々な人間が出入りしている。元暴力団員、ヤク中、家族から見放された累犯者——。

希望のない穴蔵のような中でもがきながら生きている。そんな連中が肩寄せ合っているような場所であった。恵一のような家庭生活の温かみを経験している人間にとって居心地の悪い場所であった。


商店街の中にあるスーパー、こぢんまりとした店内には雑然と商品が山積みになっている。

その店内の狭い通路を鉄が通っていく。そのあとを恵一はなんとなくついていった。

鉄が、商品を手に取ると周囲を見回し、さっとジャージのポケットに突っ込むところが見えた。手慣れた仕草に常習性を恵一はかぎとった。

鉄は恵一を見ると、お前もやれよというようににやっと笑った。

恵一は鉄を無視した。鉄の顔色が少し変わった。

鉄が恵一に近づいてきて、恵一の胸ぐらをつかんだ。鉄の右腕をつかみ、ふりほどいた。恵一と鉄は無言のまま、睨み合いが続いた。

まわりの客が二人の異様な雰囲気に気付き、店員に知らせた者がいたようで、男性の店員が二人の間に入った。

「お客さん、喧嘩は困りますよ。他のお客さんの迷惑になりますから」

店員の迷惑そうな口調に鉄がかっとなって「うるさいわ、あほんだら。黙っとれ！」と怒鳴った。

店の客が一斉に鉄の方を見た。

店の雰囲気にいたたまれなくなったのか、鉄はそのまま無言で店から走って出て行ってしまった。

恵一は無言で立ちすくんでいたが、なんとなくばつが悪く、歩いてレジを通り過ぎようとした時、その男性店員が「お客さん、ちょっと待って下さい」と声をかけてきた。

「お客さんのポケットに何か入っているんじゃないですか?」

恵一ははっとしてジャンパーの右ポケットに手を突っ込むとガムが入っていた。

買った覚えはない。

(あっ……)

頭の中で鉄が万引きしていた光景が浮かんだ。

ガムを店員の前に出した。

「万引きですよ。事務室まで来て下さい」

男性店員は興奮ぎみに声を上げた。

恵一は店員によって店の奥にある事務室まで連れてこられた。事務室の中は段ボールが山積みにされ、その中に小机と椅子が置いてあり、その椅子に座るよう指示された。

男性店員とともに、女性が入ってきた。三十代半ばか四十歳近い、化粧気のない顔。

「三上さん、じゃ、あとお願いします」

男性店員はそう言うと事務室から出て行った。

「なぜ、ガムなんか万引きしたんですか？　お金持ってるでしょう」

三上という店員は恵一に向かってそう投げかけた。

「俺は万引きなどしていない」

「じゃあ、なぜ、あなたのポケットに商品が入っているんですか？　これはうちの商品ですよ」

恵一は答えに窮した。鉄のことを言えば信じてもらえたかもしれないが、鉄にはめられた自分が情けなくて言葉をのみ込んだ。

「さっき、喧嘩していた人、あなたの連れじゃないの？　グルなの？」

「あいつは知らない。関係ない」

「じゃ、あなたがやったのね」

「まあ、ポケットに入ってたから……そうなるのか……」

三上は恵一のその言葉に少し不思議そうな顔をしながら用紙を差し出した。

「ここにあなたの住所と名前を書いて」

用紙に住所を書き込んだ。その住所を見て、三上は「あなた、愛光寮の人？」と尋ねた。

「そう」

「愛光寮だと、警察はまずいわね」

三上はそう言うと、その用紙を恵一から取り上げ、やぶり捨てた。

恵一は胸ポケットから財布を取り出し、千円札を三上に渡した。

「こんなにいらないわよ」

三上はそう言うと事務机から小銭を取り出し、恵一に渡した。

「さっきの連れも愛光寮の人でしょう。あの人、店でよく顔を見るけど、あの人が来ると店の品物がなくなるのよ。だけど、なかなかしっぽを出さないのよ。こっちも警戒してるんだけどさあ……あんなやつと一緒にいるとだめになるよ」

そう言うと恵一を事務室から出した。

恵一は三上に深々と頭を下げ、店から出て行った。

「あの人が愛光寮にねえ。なんか事件を起こすような人には見えないけどなあ」

三上は恵一の後ろ姿を見送りながらつぶやいた。

「三上さん、あの人、帰していいんですか?」

男性店員が不服そうにつぶやいた。

「ええ、あの人がやったわけではないからいいのよ」

鉄はこの万引き事件以後、愛光寮に戻ってこなかった。

一方、恵一のハローワーク通いが続いていた。なかなか恵一に合った仕事は見つからなかった。愛光寮の中にも恵一と同じように職探しをしている人間がいたが、彼らは仕事をあまりやりたくないタイプのようであった。

三　スーパーの店員

スーパー〈SUN SHOP〉、あの万引き事件以来、足が遠のいていたが、ハローワークの帰りに昼飯を買うために立ち寄ってみた。

店内はいつものように混雑している。

この間の女性が忙しそうにレジで客の応対をしていた。

恵一はやや後ろめたい気持ちもあり、伏し目がちに店内の弁当売り場で弁当を選んでいた。その中から三百五十円の弁当を選び、レジに行った。

レジは客が一人いるだけであった。

三上は恵一の顔を見ると、笑みを浮かべて会釈した。

弁当代を渡し、レジを通り過ぎようとした時、三上から「あなた、仕事はしているの?」と声をかけられた。

「仕事を探しているところです」

恵一が答えると、

「じゃあ、うちに来ない? 店員が一人辞めて困っていたところなのよ」

恵一が意外そうな顔で三上の顔を見つめた。

「何、変な顔をしているの。別にからかっているわけじゃないのよ」

そう三上が言うと、恵一は「少し考えてから返事します」と答えて、店の入り口から出て行った。

仕事に困ってはいたが、万引きの疑いをかけられたことに少し抵抗があった。また客商売ができるタイプでもなかった。

数日後、スーパーで働く恵一がいた。在庫管理や経理関係は恵一の得意とするところであったからだ。

　時間は午後二時、客足が途絶えてようやく昼食をとるため、事務室で残り物の弁当を食べていると、三上が入ってきて向かい合わせで弁当を食べ始めた。

「あたしさあ、自己紹介してなかったけど、店長の三上京子。よろしく」

　恵一はぎこちなく、会釈した。

「仕事はきついけど、辞めないでね。今の若い子ときたら仕事がきついとすぐ辞めてしまってね、困るのよ。まあ、あなたは中年だものね」

　恵一がじろっと睨むと、京子が「ごめんごめん。私も中年だし、年のことはお互い言えないわね」とあっけらかんと笑い飛ばす。恵一も付き合いで笑みを浮かべた。

　スーパーは午後八時で閉店だ。閉店間際の駆け込み客の相手をして、ようやく八時三十分に店のシャッターを閉めた。

　店内はひっそりしており、京子と恵一、店員の木下三郎の三人だけになった。

木下は要領のよい男で、店内の清掃をさっさとすますと、帰り支度をしてそそくさと帰って行った。

恵一は経理担当のため、その日の売り上げを京子と一緒に計算し、仕事が終わったのが午後九時三十分。愛光寮の門限十一時までには帰る必要があり、急いで仕事を終えた。

京子が「寮へ帰っても夕飯はないでしょう。これ持って帰りなよ」と弁当を手渡してくれた。

「ありがとうございます」

恵一は礼を言うと従業員用の出入り口から出て行った。

もう初夏の蒸し暑さが感じられる季節になっていた。愛光寮に来て三月《みつき》が過ぎようとしていた。

「山下さん」

扉ごしに恵一を呼ぶ声がした。ドアを開けると補導員の新家が立っていた。

「観察官の面接があるから面接室まで来て下さい」

寮の面接室では安西観察官が待っていた。

「やあ、山下さん、疲れているところ、申し訳ないね」

「いえ、ご苦労様です」

「山下さんも愛光寮に入って五か月になるね。仕事の方はどうだい？」

「仕事はスーパーで、なんとか店員として働いています」

「スーパーの店員か……山下さん、高校の先生だったよね、経歴は。ちょっとつらいよね」

「いえ、別に……刑務所出の身で雇ってくれるところがあるだけましです」

「貯蓄も少しできたかなあ」

「ええ、少しですが、貯金しています」

「愛光寮では六か月で自立してもらっていてね。貯蓄も少しあるようだし、アパートなど借りる金はあるかな」

「はい、それくらいならなんとか」

「それならそろそろ家探ししてくれるかなあ」

「はい。わかりました」

「愛光寮から出て自立することができるなんて、山下さんはよくがんばったよ」

安西観察官は目を細めて恵一を見つめた。

「愛光寮に入っても勝手に飛び出すやつや、性懲りもなく万引きやシャブに手を出すやつなどもいる。仕事にあぶれて疲れきってまた以前の犯罪の道に走ってしまう。何かつらいよね」

山下には安西がたまった心境を吐露しているように思えた。

安西観察官との面接を終えて、恵一はスーパーに向かった。

午後八時だと売れ残り目当ての客もなく、店の中は客もまばらであった。三上がレジで客の相手をしている。木下は今日は用事があると言って早退していた。

三上は恵一にほっとしたような笑顔を見せながら、「山下さん、そろそろ清掃の方、お願い」と声をかけてきた。恵一は黙々と床掃除を始めた。

客がいなくなると三上はシャッターを閉め、事務室に向かった。清掃が終わった恵一もいつものように事務室に行った。

「山下さん、今日の売り上げ、少ないわね」

「そうですか……。二日前にコンビニが近くにできたからかなあ」

「コンビニごときに負けてたまるか」

三上は恵一をきっと睨んだ。恵一は三上の視線をそらして「がんばるしかないですね」とだけ答えた。

「ところで山下さん、今日、観察官の面接があるとか言っていたけど、どうだった?」

「ええ」

恵一は口ごもって生返事した。

「何かあるんだったら相談に乗るわよ」

「愛光寮に来て半年近くになるので、そろそろ自立しないといけないんです」

「そう……自立ね。うちの給料じゃ、自立は難しいよね」

「まあ、なんとか安いアパートを探してみます」

「アパートね……なかなか見つからないよ。……よかったら、あたしん家《ち》に来ない？」

意外な言葉に、恵一はびっくりしたように三上を見つめた。

「あら、そんな驚かないでよ。あたしのところでよければよ。他に行く当てがなければね」

三上も自分自身の言葉に驚いたようだった。

「三上さんの気持ちはありがたいが……人に頼るのは嫌いなもので。自分で部屋を探します」

恵一はそう言うと、黙々とパソコンに数字を打ち込んだ。

三上もそれ以上は口をきかず、事務室内には無言の時が流れた。

愛光寮への帰り道、恵一は三上京子の顔を思い浮かべていた。化粧気のない顔だが、なんとなく愛らしい顔立ち、下がった目尻、汗をかいた小鼻、やや厚めの唇。

京子の私生活には全く興味がなかった、つい先ほどまでは——。

愛光寮の中はしんと静まり返っていた。

午後十時、部屋に入ると、コンビニで買ってきた賃貸住宅雑誌に目を通した。

市内は家賃七万円台が多く、恵一でも手が届きそうな物件はなかなかなかった。あったと思っても交通の便が悪く、スーパーには通えなかった。

転職も頭の中をよぎったが、店員探しで苦労している京子の顔を浮かべるとすっと消えていった。

四　転居

部屋の外で人の声がした。二人が話している声、いや、争っている声だった。

恵一はドアを開け、声の方に目を向けた。

「お前に貸した金、返せよ！」

「今すぐは無理だよ」

（借金をめぐる言い争いか）

恵一は、幾度となくそのような光景を見てきた。

愛光寮では当たり前のように金の貸し借りがあった。金のあるやつにたかる。

だから寮内では金の話は厳禁だったはずなのに。

「金、返さんかい！」

男の声が大きくなった。相手の胸ぐらをつかんで壁に押しつけた。恵一はとっさに二人の間に割って入った。

「喧嘩はやめとけ」

「喧嘩と違うわい。お前に関係ないやろ」

恵一は押し返されてしまった。そしてその瞬間、恵一の顔面に男の拳が飛んできた。避ける間もなく、右頬に当たり、恵一はよろけた。しかし踏みとどまり、男の股間に右膝を強烈にたたきつけた。

男はうめき声を上げて床に転がった。

大きな音を聞きつけて、階下から補導員が駆け上がってきた。

「おい、お前ら、何やってんだ。喧嘩をやめろ」

床に転がっている男が恵一を指さした。

「山下、事務室まで来い」

恵一はむっとした顔で補導員に従った。

（こんな時はどう言い訳しても仕方がない）

諦めにも似た感情であった。

（こんな考えが身に付いたのはいつからだろう……ああ、事件を起こしてからだ）

事務室に入ると面接室に入れられた。

「山下、お前、喧嘩、それも暴力は御法度だ。暴力を振るう人間は寮には置いておけない」

「出て行けってことですか？」

「そうだ。今すぐではない。明日、保護観察官に報告して面接してもらう。それまでは部屋から出るな。わかったな」

恵一は黙ってうなずいた。

部屋に戻った恵一を待っていたのは、先ほど恵一から一発くらった隆二という男だった。

「さっきはよくもちょっかいを出してくれたな」

そう言うなり、隆二は恵一の腹部に拳をすばやく打ち込んだ。

「うう……」

恵一は口から胃液を吐き、床に倒れ込んだ。

どれくらい時間が経っただろうか。薄暗い廊下で倒れていた恵一の目には、むなしさで涙があふれてきて、頬を伝って床に落ちた。


翌朝、安西観察官の面接を受けた。

「お前が暴力とはなあ。困るよな、暴力沙汰は。ここの先生達は暴力を嫌うんだよ。秩序が大事だからなあ。で、喧嘩の原因は何だ?」

「特にありません」

「お前が理由もないのに殴るの?」

安西観察官はいぶかるような目で恵一を見つめた。

「まあ、いい、言いたくなければ。ただし、暴力を振るったのは事実だし、ここには置いとけない」

「わかりました。なんとか部屋探しします」

「そうか。じゃあ、住所が決まったら、必ず連絡してくるんだぞ」

「はい」


恵一は愛光寮の門を出た。手には鞄が一つ。

「刑務所から出た時と変わらないなあ」

自嘲気味につぶやいて門を出た。行く当てがあるわけではない。

(とりあえず仕事に出よう)

そう思ってスーパーに向かった。

「おはよう」

京子が元気のいい声を上げた。

「どうしたの？　でかい鞄持って……」

「ええ、まあ」

恵一は生返事をして事務室に向かった。

スーパーは一日忙しかった。その間、家のことはすっかり頭の中から消えていた。


午後八時半、スーパーの客が帰ったあと、事務室でいつも通りその日の売り上げの集計をしていた。

「あの、三上さん、暫くスーパーで泊まらせてもらえません？」

「ええ、どういうこと？」

「愛光寮から出てしまったんです。出たというか、追い出された」

「どうして？　何かあったの？」

「……喧嘩してしまって」

「喧嘩ね……山下さんが？　何かあったんでしょう？」

「いや、別に」

恵一はそれだけ言うと口をつぐんでしまった。

「何でも隠すんだから」

京子はぷっとむくれた顔をしたが、笑顔に戻り、「あたしのところへおいでよ。こんな事務室なんかで寝ていたらゴキブリにくわれちまうぞ」と冗談めかして恵一の顔を見つめた。

恵一は、暫く悩むような顔をして、諦めたように「それではお言葉に甘えて暫くお世話になります」と言って頭を下げた。

「変に丁寧な言葉使わないでよね。気軽に来てよ」

京子の家はスーパーのある駅の次の駅から徒歩で十五分程度のところにあるマンションだった。築二十年くらいは経っていそうな建物で、自転車置き場は雑然としていて子どものゴーカートも置いてあり、そのマンションの住人達の年齢層を想像できた。

３０５号室――「三上」とプレートのついた部屋。夕刊を取り、中に入る。１ＬＤＫの部屋は小綺麗に片づいていた。

リビングに通された時に目に入ってきたのが、テーブルの真ん中に置かれたフォトスタンド。通常は小机などの隅に置かれているものが食卓の真ん中に置いてある。子どもの写真だ。

（三、四歳だろうか）

恵一がじっと見ていると京子は、

「あ、それうちの子ども。別れてからは会ってないけどね」

「別れてから？」

「うちの旦那と別れてから。子どもは旦那が引き取ってね」

「旦那さんが引き取るって珍しいね」

「うん、まあ、いろいろあってね」

京子はそれ以上詳しくは話さなかった。居候の身であまり詳しく立ち入っても悪いと思い、恵一もそれ以上は聞けなかった。

「お腹すいているでしょう。今、簡単なものを用意するわね」

そう言うと京子は台所で料理を始めた。

恵一も家庭を持っていたことがあった。家族の団らん――その言葉になつかしい響きを感じた。

刑務所のコンクリート――寒々とした光景、大食堂での食事――アルミ製の器に盛られたごはん、おかず、みそ汁、ただ単に空腹を満たすために飯をかきこんでいた。「整列」という単調な刑務官の言葉が響き渡る。

恵一の脳裏をかすめたうすら寒い光景。

ことことと鍋の音が台所から聞こえてくる。京子が手慣れた様子で鍋をかき回す。

テーブルに座り、子どもの写真を見る。遊園地で撮った写真だろうか。親子で楽しそうに笑っている場面《シーン》だ。

恵一には子どもはいなかった。というか、子どもができる前に別れたのだ。まだ、新婚一年目だった。事件が起きて結婚生活も破綻してしまった。

食卓に肉じゃが、野菜サラダ、魚の煮付けが並んだ。久しぶりの家庭の味をかみしめた。

「おいしいよ。こんなうまい料理は何年ぶりだろう」

「ありがとう。初めてよ、そんな風にほめてもらったの」

京子は照れたように頬に手を当てた。

「山下さんって不思議な人ね」

「俺が不思議？」

「ええ、愛光寮に入っている人だから、ロクでもない人かなあと思っていた時もあったけど、一緒に仕事をしてみて全く違う人種だと思ったの」

「ほめられてるのかけなされてるのか、よくわからないなあ」

「山下さん、いったい何をして刑務所に入ったの？」

恵一は京子の遠慮ない質問にとまどった。

「今まで聞いたことはなかったけど、これから一緒に暮らす身としては是非聞いておきたいわ」

「人殺しだよ」

その言葉の響きに京子の顔色が変わった。

「人殺し？　殺人？　あなたが？」

信じられないという顔で京子は恵一を見つめた。


恵一は当時、京都にある高校の国語教師だった。その高校は名門女子校である。恵一は教師生活も十年目になっていた。学年主任としてまとめ役で、生徒達からも人気があった。結婚して一年が経ち、そろそろ子作りに励もうかという時期であった。

二年一組、三十六人の担任として、恵一は精一杯努力した。生徒達が帰ったあとも学校に残って、学級だよりを作成し、生徒達への発信に心がけていた。

そんな恵一に好感を持つ生徒達も多く、女子校ならではの「疑似恋愛」的感情を持つ生徒もいた。一年の時、恵一のクラスにいた三浦恵子もそんな一人だった。

しかし恵一は新婚であったし、生徒達からのアクションも無視し、もっぱら教師業に専念していた。

二年生は六クラスあり、隣の二年二組は山倉幸子という教師歴三年の女性教師が担任していた。山倉はまだ若く生真面目なところがあり、生徒達とは対立する場面も多く、そのような時に恵一が助け船を出すことがあり、密かに山倉も恵一を慕っていた。

その日は体育祭を控えて、生徒達は応援練習をし、放課後遅くまでそれが続いていた。恵一も生徒達の応援練習に付き合い、手伝っていた。

応援練習が終わり、クラスの生徒達が帰宅したあと、恵一は学年主任として他の教室を見回っていると、三浦恵子が荷物の整理で残っていた。恵一は彼女の作業を手伝った。そして、片づけも終わり、ようやく恵一も引き揚げられると思い、三浦恵子に「ご苦労さん、遅くなったなあ、気を付けて帰れよ」と声をかけ——。

恵一は思い出していた。しかし、目の前にいる京子に話すにはためらいがあった。

ただの同居人、詳しく話す必要もないと考え、

「酒の上でトラブルになってね、事件になったんだよ。あとはあまり言いたくない」

「そう、酒の上でね」

京子は、恵一が明らかに嘘をついているとわかったが、それ以上追及しなかった。徐々に話してくれればいいと思っていた。

日頃、一人きりの食事に馴れている二人にとって、その日の夕食は特別だった。

「二人で向かい合って食べていると、まるで夫婦のようね」

京子がぽつんと漏らした言葉に恵一は噎《む》せ返った。

「あ、ごめん、ごめん、変なこと言っちゃった」

「いつまでも世話になるつもりはないよ。いい部屋が見つかれば出て行くよ」

恵一は淡々と話し、京子に頭を下げた。

「あなたは変に堅いわね。まあ、好きにすればいいわ。私は困っていた従業員がいたから助けただけだし」

京子はすねたようにぶっきらぼうに恵一に言葉をぶつけた。

風呂に入ってさっぱりしたあと、恵一はリビングに敷き布団を敷いた。京子は隣の部屋で眠りについた。恵一もうつらうつらと眠りに入った。


静かな時が流れ、恵一は寝息を立てていた。その恵一の唇になま温かいものが触れた。

恵一が薄目を開けると、目の前に京子の顔があった。恵一が何か言う間もなく、京子の唇が恵一の唇に重ねられ、京子の生温かい体までもぴったり重ねられた。

恵一は京子とキスしていることを理解した。

(キスって何年ぶりだろう)

あの事件の時、三浦恵子に突然抱きつかれ、唇を重ね合わされた。あの場面が脳裏をよぎる。

そんなことをぼんやり思い返していると、京子の舌が恵一の唇を分け入ってきた。

恵一の体にえも言われぬショックが突き抜けた。あっという間に京子の舌は恵一の舌と絡み合い、京子の右手が恵一の下腹部にかかった。

スウェットのズボンの中に手を突っ込んでまさぐっている。恵一のそれは脈打ち、京子の欲望に応えていた。恵一は京子のパジャマのボタンをはずし、その胸をあらわにした。形の整った乳房に乳首が隆起していた。乳首に吸いつき、口に含むと、恵子の口から嗚咽が漏れた。

二つの裸体は一体となって動いていた。京子と恵一の激しい息づかいと艶声が部屋の中の静寂を破っていた。

行為が終わったあと、倒れ込むように京子は恵一の胸に顔を埋めていた。

「あなたの事件のことを詳しく聞かせて……その時、どんなことがあったの？」

京子の問いに恵一は昔の記憶を蘇らせていた。


教え子である三浦恵子と唇を重ね合わせていた時、教室のドアを開ける音がして山倉幸子が入ってきた。山倉は二人の様子を見て、体が凍りついたようになっていた。

恵一が即座に三浦恵子を拒めばよかったのだが、慕われている女子生徒を突き放すようなことはできなかった。

しかし三浦恵子は、恵一が思っている以上に激情タイプだった。

山倉幸子にキスシーンを見られたことに気が動転し、あろうことか、教壇の上にあった大型のカッターナイフを山倉に投げつけたのだ。後の結果がどうなるか想像もしないで……。

避ける余裕もなく、ナイフの刃は偶然にも山倉の胸に突き刺さり、山倉は微かな悲鳴を上げて床に倒れ込んだ。

床には山倉の血が見る見るうちに広がっていった。

三浦恵子は自分のやった行為を理解できず、呆然と立ちつくしていた。両足は小刻みに震え、立っているのがやっとという状態であった。

恵一は山倉のもとに走りより胸の傷を見たが、カッターナイフは柄の部分まで食い込み、もはや手遅れの状態であることは一目でわかった。山倉は微かな息もしないで目は開けたままであった。死んでいるという現実が恵一と三浦恵子を地獄に突き落とそうとしていた。

「三浦……お前は帰れ。俺がなんとかする」

「先生……でも私が……」

「いいから、とにかく帰れ」

恵一は三浦恵子の肩を押すように教室の外まで無理矢理歩かせた。そして教室から一歩出ると、三浦恵子は恵一の方を一度見つめて、そのまま足早に教室から遠ざかっていった。


「ええ、身代わりなの⁉　あなたはやっていないの？」

京子は驚いたように恵一の顔を見つめた。

「信じてくれるなら……」

「でも、だって、あなたの人生の多くを、そのために無駄にしたのよ。身代わりなんかしなければ、幸せな人生が送れていたのに」

「幸せな人生か……」

恵一はそう言うと黙って、胸の上にいる京子の髪をなでた。

「事件がなければ、あんたと会うこともなかったよ」

恵一がそう言うと京子は口をつぐみ、恵一の体を再び愛撫し始めた。

五　担当保護司

それから恵一と京子は一緒に出勤するようになった。

一週間が経ったころ、恵一のもとに訪問者があった。

「山下恵一さんかな？」

六十過ぎの男が玄関に立っていた。

「ええ」

恵一は怪訝な顔で男を見つめた。

「はじめまして、保護司の田乃中啓太です」

「保護司さんですか」

恵一は驚いたように頭を下げた。

京子と同居した件は安西保護観察官に電話で報告しておいた。安西観察官がそのうち保護司が訪ねるからと言っていたなあ、と思い出した。

「ちょっと、家の中に入らせてもらってええかなあ」

そう言うと、田乃中は家の中にずかずか入ってきた。

「山下さんは女性と同居しているのかなあ。内妻か？」

「いいえ、ただの同居人です」

恵一は京子との関係を否定した。

「まあ、ええわ。それで女性は？」

「ええ、仕事に出ています。今日は、俺、午後から仕事に出かけるんです」

「今日、わいが来たのは、山下さんがちゃんとここに住んでいるか確認に来たんや。保護観察はわしが担当させてもらうことになります。わしは、ここから十五分くらいのところの海の上団地のそばで酒屋やってますのや。まあ、山下さんとはこんな形で会《お》うたけど、これからは保護司の立場というより近所の世話焼きのおっちゃん程度に考えてくれたらええ。あんたが立ち直ってまっとうに生活してくれるように力を貸すから」

そう言うと田乃中は満面の笑みを浮かべた。

「これからよろしくお願いします」

恵一は深々と頭を下げた。

ややがさつだが人のよさそうな田乃中との出会いであった。

ややあって、田乃中の自宅を訪ねた時のことだ。

居間に案内されて、食事を勧められた。田乃中は大の酒好きで、店の酒を飲んで商売になるのかと思うくらいであった。

「山下さんも一杯やるか?」

「いえ」

恵一は保護司との関係から酒を飲むのはどうかと思われたので、遠慮がちに断った。

「山下さん、あんたの事件について聞かせてくれへんか。あんたがどうして同僚の教師を殺さなあかんかったのか、記録を読んでも納得でけへん。目の前にいるあんたを見ててもとても残酷な仕業ができるような人には見えへん。わしは人を見る目はあると思うとるんや」

恵一はうつむき加減に「魔が差したんです」とぽつりと答えた。

「魔が差した程度で人が殺せるかい。わしには嘘は通用せえへん」

田乃中は穏やかな目で諭すような口調で語りかけた。

恵一は暫く押し黙っていた。五分くらい黙ったまま時間が過ぎていた。恵一にとってはその時間はとても長く感じた。

「こんな話……信じてもらえないかもしれないですが、生徒を助けたかったから……私がやったことにしたのです」

「何でまたそんなことをしたんや！」

田乃中は目を剥いて恵一を見つめた。

恵一は教室での出来事を田乃中にも説明した。田乃中は黙って聞いていた。

「身代わりな。ほんで、ナイフ投げた女の子は今、何してんねん」

「わかりません。刑務所に入っている時に一回手紙が来たようで、出所する時にその手紙をもらいました。手紙にはただ申し訳ないという言葉だけ書かれていて、住所は書かれていませんでした」

「わしがその子の行方探したろ。安西はんにも連絡して協力してもらうわ」

「田乃中さん、今更、彼女を捜しても仕方がないですよ」

「そんなことあらへん。あんたはすっきりせえへんものを心の中で持っている。一生、そんな気持ちを持ってなあかんのはつらいもんやで。娘はんに会って、事件のことをどう思っているか、償いをさせるべきやと思うで。それが娘さんにとってもええことやと思う。あんたは再審請求するんや」

田乃中の押しの強さに圧倒されて、恵一は黙っていた。

翌朝、田乃中は仕事もそっちのけで保護観察所に出向いた。

保護司には田乃中のような正義感が強く、一途なタイプが多い。

「安西さん」

田乃中が保護観察所の執務室で声を上げた。安西が振り向き、

「よお、田乃中先生、忙しいのによう来てくれたな」

そう言いながら、安西は田乃中を面接室へ招き入れた。

「あのな、安西さん、あんたに頼みがあってな」

「何ですの、頼みって」

「わしの担当している山下恵一のことやけど」

「ああ、あの長期刑で愛光寮から出た人か」

「ええ、山下が昨日、来訪したんやけど、それがなあ、えらいこと言いよったんや」

「何を？」

安西は目を見開いて田乃中を見つめた。

「事件をやってない、言うんや。身代わりやて。犯人は女子高生や」

「ええ、そんな……言い訳とちゃうんかいな」

「わしも最初は何を嘘言うてんのやと思ったんやけど、山下が真顔で言うもんで……これは本当ちゃうかと思ったんや」

「うーん」

安西はそう言ったきり、顎ひげをなでて考えていた。

「それで私にどうしろと言うんですか？」

「その犯人の高校生を探したいんや」

「犯人を捜す？　先生、それは難しいで」

「あんたなら裁判の記録とか見れるやろ。目撃証言とかいろいろ警察で捜査しとるやろから。その高校生の居場所も捜せるんとちゃうか」

「まあ、先生のおっしゃる通り、記録から住所はわかるかもしれませんね。だけど、見つけてどうするわけですか？」

「再審請求や、再審請求！」

安西はびっくりしたように田乃中の顔をまじまじと見つめた。

「再審請求って……その高校生、今は生きているとしたら二十三、四歳になっているんですよ」

「そうや。その子も悩んでいるやろ。山下を真から立ち直らせるためにも是非、必要や。わしらは人を更生させる仕事やろ」

「そうですが……私達にも限界があって、再審請求なら弁護士に頼むのが早いですよ」

「そうやけどなあ、弁護士頼むと金がかかるし、人捜しはなかなか大変や」

安西は田乃中の剣幕に押し切られるようにしぶしぶ協力を約束した。

「田乃中先生は突っ走るタイプやからなあ」

安西がぼそりと言うと、

「わしかて保護司という役目に命かけとるんや。わしの担当した対象者を更生させたいんや。そのためなら何でもやるで」

田乃中はそう言って、意気揚々と面接室から出て行った。

六　転落

田乃中のもとに安西から三浦恵子の情報が入ってきたのは、それから一週間後であった。

安西が検察庁へ情報収集に行った際、そこで思いがけない事実が判明した。三浦恵子は保護観察中だったのだ。それも覚せい剤取締法違反により執行猶予中であった。

田乃中からその事実を聞かされて、恵一は呆然としていた。そして我に返ると、恵一は三浦恵子の現在の生活の様子を尋ねた。

「三浦恵子は担当の保護司によると、キャバクラでホステスをしているようだ。

保護司のところも行ったり行かなかったりで、いい加減な女のようだ。生活の実態ははっきりしないらしい」

恵一は黙って田乃中の話を聞いていた。

(三浦恵子の人生もあの事件以来変わってしまったのか――)

恵一は三浦恵子と会うのが怖くなった。

(俺がやったことは彼女を転落させるだけだったのか。教師面してかばったが、実際には彼女の人生を悪い方に変えてしまっただけじゃないか……)

恵一はむなしくなった。

「田乃中先生……何かむなしいですね。でも、もう彼女のことはそっとしておくべきじゃないですか?」

「あんたはそれでいいのか? やってもいない事件の身代わりになって刑務所に行って、身代わりになった女も人生が狂っている。真実を明らかにすれば、今からでもそれをまっすぐな道に戻すこともできるんちゃうんか」

「まっすぐな道――」

恵一は田乃中の言葉を聞いて彼の純真さに驚いた。

「とにかく暫く考えさせて下さい」

「まあ、ゆっくり考えなさい。わしはあんたのことを応援してるから」

「ありがとうございます」

恵一は田乃中に礼を言うと田乃中の家を出た。外はもうすっかり真っ暗になり、電柱に設置された防犯ランプが青白く光っていた。


キャバクラ〈グレース〉は通称ミナミと呼ばれる地域の一角にあり、周辺はピンクサロン、ファッションマッサージなどの風俗店が軒を連ねていた。出入りする客はいかにも性欲をぎらつかせたサラリーマンか、商店主達が多かった。店内は薄暗く、客の顔は目を凝らさないとよくわからない。ホステスが四人いて、それぞれ客の相手をしていた。

その中に芸能人の長山ひさみ似の三浦恵子もいた。店では「けいこ」と呼ばれていた。客相手にたわいもない話をして場を和ませるのが得意で、結構、客から指名されることも多かった。

恵子はそんな常連客と一緒に店を出た。

ちょうどそのころ、恵一も仕事を終えていた。久しぶりに品切れが続出し、早めに店じまいしたのだった。京子が仲のいい客からもらった飲食券があると言うので、一緒に行くことになっていた。恵一とのデートは同居以来、初めてであり、京子はうれしかった。

ミナミのイタリアレストラン〈グランセ〉に入ると、恵一は「若いカップルばっかりだなあ」と口をとがらせた。京子は「そうね」と言いながら微笑んだ。

テーブルに運ばれてくる料理を頬張りながら、恵一は何気なく店の奥の席に目をやった。

奥のやや薄暗い席に若い男女が顔をくっつけ合うようにして話し込んでいた。男はいかにも堅気ではない感じの男であった。男と話し込んでいた女がふと恵一の視線を感じたのか、恵一の方を見た。

女の顔を見た瞬間、恵一はどこかで見覚えのある顔だということに気付いた。

「ねえ、あなた、どこ見てるのよ」

京子がすねた口調で恵一をからかった。

「いや、何でもない」

そう言いながらワインを口に流し込んだ。

「私達、周りからどう見えるかしら」

「どうって……夫婦ってことか」

恵一は京子の顔を見つめた。

恵一と京子はあの晩以来、性関係はなかった。恵一はもともと仮住まいのつもりであった。京子は違っていたが、京子も恵一の気持ちを察して強く求めることはなかった。

「これからどうするのよ。何か考えているの？」

「これからなあ……特に考えていない」

「私のことはどう考えているの？」

京子の考えは手に取るようにわかっていた。結婚して夫婦でスーパーを経営する。恵一にはまだそこまで将来のことを考える余裕はなかった。

刑務所入所歴のある男が「幸せな結婚」などできるかどうかと考えていた。また、田乃中の話が気にかかっていた。

三浦恵子はクスリにおぼれている——恵一はそのことが頭から離れなかった。

その時、はっと恵一の体に電流が走った。

店の奥に座っている女の顔……十六歳のころの三浦恵子の顔に似ている感じがした。

京子が恵一の視線の先をたどって口を開いた。

「あの店の奥に座っているカップルの女の人、あれ、タレントの長山ひさみによく似ているわね」

「えっ⁉」

恵一は驚いたように声を上げた。恵一はそのタレントのことは知らなかった。

「長山ひさみって誰だい?」

「あなた、何も知らないのね」

京子はおかしくて笑った。

「まあ、人のことはどうでもいいよ」

言葉とは裏腹に視線は店の奥の一角を見つめたままだった。と、奥の二人が席を立ち出て行こうとしていた。

京子もカップルを眺めながら、「あの二人、堅気ではないわね」とつぶやいた。

恵一は二人の後を追いかけたいと一瞬思ったが、よく似た女かもしれないと自分を説得して思いとどまった。

レストランを出ると、あたりはネオンがちらつき、酔った客がゆっくりした足取りで駅の方に向かっていた。

「ねえ、空を見て、満月よ」

京子はそう言うと、恵一の腕に手を絡ませてきた。

「月か、久しぶりに満月を見たよ」

そう言えばあの事件の時も満月だった記憶がある。恵一の記憶から振り落とそうとしても落とせない記憶だった。


そのころ、三浦恵子は男とホテルの一室にいた。

男は田沢会系組員で田所龍也、二年ほどの付き合いがあった。恵子が覚せい剤を知ったのも、田所から誘われて面白半分に使用したのだった。

二人は全裸になり、ベッドでキスをしていた。田所の背中には龍の彫り物がしてあったが、筋彫りで安っぽい感じのものであった。

田所は背広のポケットからビニール袋に入った白っぽい粉、よく見ると顆粒になっているものをテーブルに広げ､指でつまむとそれを恵子の陰部に押しつけた。恵子は目を閉じ、ベッドに横たわったまま。徐々に顆粒は溶け出し、恵子の膣の中に吸い込まれていった。その様子を下卑た顔で見ていた田所は己が膨張したものを恵子の中に荒々しく入れ、恵子があえぎ声を部屋中に響き渡らせる様子に満足していた。二人は陰獣と化し、部屋中にうめき声が響いた。

翌朝、恵子は一人で目覚めた。田所は先に部屋を出たようだ。喉は渇き、くらくらする頭、ふらふらと歩きながらペットボトルの水をがぶ飲みした。そしてそのままベッドに倒れ込んだ。

恵子の目から涙がこぼれ落ちた。レストランにいたカップルの男､男の顔ははっきり覚えている。六年前になるが、その男の顔、唇が恵子の記憶に焼きついているからだ。

「山下先生、出所したんだわ。私のことを見ていた、気付いたのかしら」

恵子はつぶやき、そっと自分の唇に指を押し当てた。

客が二、三人残っているだけの店内で、京子はレジの前で手持ち無沙汰に立っていた。

今日も恵一は用事があると言って仕事を休んでいた。

京子はあのイタリアレストランで見かけた女性のことが気にかかっていた。

男連れの女だったが、恵一と目が合ったあの時、互いに知り合いのような雰囲気を感じた。

七　教え子

恵一は田乃中保護司の面接を受けていた。

田乃中酒店の店舗の奥の四畳半の部屋に二人はいた。店には客が一人いたが、田乃中の奥さんが相手をしていた。

「まあ、お茶でも飲みなさい」

田乃中は恵一にお茶を勧めた。

湯飲みに手を伸ばし、お茶をすする。熱い茶が喉から胃にしみ込むのがわかる。体から汗がにじんできた。恵一は額の汗をぬぐった。

「まだまだ暑いなあ。今年も残暑が厳しいんやろか」

田乃中が恵一の顔を見てつぶやいた。

刑務所の夏はコンクリートを通して熱がしみ込んできて、それが夜になっても刑務所内の熱を下げてくれず、なかなか寝つけなかった。体力のない高齢の受刑者が熱中症で倒れることもあった。

久しぶりのシャバでの夏。恵一の頭にふっと浮かんだ思い出。刑務所での生活しか思い出せなくなっている自分にやりきれなさを感じた。

恵一の表情が曇ったのを感じ取った田乃中が、

「なんか具合でも悪いんか？」

「いいえ、刑務所の夏をちょっと思い出したものですから」

「ああ、刑務所の夏か。暑いやろな、クーラーもないやろ」

田乃中はそう言うと居間の片隅にあった扇風機の電源を入れた。心地よい風が恵一の顔に当たった。

「先生、三浦恵子の保護観察を担当している保護司さんに会わせてもらえませんか？」

「お前、先生って言うな。田乃中さんでええよ。俺はそこら辺にいるえらい先生やあらへんからなあ。三浦恵子の担当している保護司は……山崎登代子さんっていうばあさんだけどな……」

田乃中はそう言うと微妙な笑みを浮かべた。

「小うるさいばあさんでなあ、保護観察の対象者からは嫌われているんよ。まあ、あんたが会いたければ紹介するで」

「ええ、よろしくお願いします」

「で、山崎のばあさんに会って、何を聞くんや？」

「教え子のその後の生活とか……やっぱり聞いてみたいんです」

「まあな、あんたの教え子やからなあ。気の済むまで聞いてみたらええわ。なんやったら、三浦恵子と直に対面させてもろたらどうや？　その方が話早いで」

「……三浦と会うのは少し時間をください。心の整理がついていません」

「うん、わかった。なら、これ以上はわしも言わん」

田乃中が山崎保護司の自宅に電話を入れ、その日の夕方に会うことが決まった。

田乃中にお礼を言って恵一は酒屋を出た。

外は暑い日差しが照りつけていた。田乃中の奥さんからもらったサイダーを歩きながら飲んだ。


その日の夕方ころ、松島町の山崎保護司の家を訪ねた。大きな門構えの旧家であった。

呼び鈴を鳴らすと、山崎保護司らしい六十歳くらいの女性が出てきた。

「あの……山下です」

「田乃中さんから電話があった人ね。まあ、入りなさい」

そう言うと山崎は自宅に招き入れた。

居間に通され、山崎と向き合った。いかにも旧家の品のよい奥様風の人であった。

「私の担当している三浦恵子さんを教えていたことがあるそうね」

「はい、高校時代の教え子です」

「まあ、なんというか、現在はあまり出来のよくない子ね。保護観察になったのは、去年の四月だけれど、ちっとも顔を見せないのよ、あの子」

山崎はそのあと、質問もしないのによくしゃべった。

三浦恵子は覚せい剤の使用で懲役一年六か月、執行猶予三年を言い渡されて山崎保護司が担当することになったこと。自宅は松島町内のワンルームマンション、仕事はキャバクラで深夜まで働き、男性関係もいろいろあるようで、自宅に電話をすると男が出ることもあるという。暴力団関係者とも付き合っているという話も保護観察官から聞いたようで、山崎は三浦恵子を訪問するたびに口うるさく仕事を変えるよう指導したが、恵子は無視したままであった。そのうち、山崎の家にも来なくなり、指導に手を焼いているという話であった。

「もうあの子にはほとほと困っているんですよ。私が今まで担当した人達は皆、私の言うことを聞いてきちんと約束を守ってくれましたよ。正直、担当をおりたいんですよ。だけど、観察官がどうしても続けてほしいというものだから……」

山崎はそう話すとため息をふうとついた。

「……先生、あの子は私の教え子ですから、私からよく言ってきかせましょうか？」

恵一がそう話すと山崎は飛びついてきた。

「本当、お願いするわ」

山崎はそう話すと、恵一に恵子の住所と連絡先をメモ用紙に書いて渡した。

「まったく、私には手が負えないのよ」

そう言ってから山崎保護司は恵一の顔を見てにこりと笑った。

「あなたみたいな人が私の担当だったらいいのに」

恵一は笑顔で「ありがとうございます」と丁寧に礼を述べ、そそくさと山崎宅を後にした。

田乃中さんでよかったと、恵一は山崎宅の門を出る時に思った。恵子の足が遠のくのもよくわかる。正直、山崎は保護司には向かないと思った。

八　わが子

「あら、お帰りなさい」

京子の待ちわびたような声が玄関に響いた。時計は午後十時を少し回っていた。

「遅くなってすみません」

「今日は一人で夕食をしないといけないかなあと思ってたのよ。今、用意するからね」

京子はそう言うと台所に立った。そして、キャベツを刻みながら尋ねた。

「今日はどこ行ってたの？」

「うん……買い物がてら街をぶらぶらと……」

「ナンバあたり？」

「ああ、どうしてもナンバの方に足が向いてしまってね」

「そうだわね。あなたはナンバ界隈くらいしか知らないからね」

恵一は京子に見抜かれているように感じ、ごまかすようにテレビをつけて見ていた。目の前のテレビ番組の内容はどうでもよかった。三浦恵子の住所がわかったことで、これからどうすればよいか考えていた。

京子が手際よく料理を作り、テーブルには料理が並んだ。コップにビールを注いで恵一の前に置いた。

「さあ、食べましょうか。いただきます」

そう京子が一方的に声を出して食事が始まった。

恵一は黙々と食べていた。京子は恵一の顔色を見ながら黙ったまま食べた。沈黙に耐えきれず、京子からスーパーでの一日を話し始めた。

「今日は忙しくってね。テレビのお昼の番組でココアがいいって取り上げられたから、あっという間にココアがなくなっちゃったのよ。テレビってすごいわよね」

恵一は山崎保護司宅でココアが出されたことを思い出した。ふっと笑いが込み上げてきた。

「何よ、なんか面白いことがあったの?」

京子が恵一の顔をのぞき込んだ。

「いや、最近、ココアを飲んだから」

恵一はそう答えた。その時、ちょうどニュース番組となり、建設現場の事故が報道されていた。ビル建設現場の大型建設用クレーンが倒れ、三人の死傷者が出たという報道であった。恵一も京子もテレビ画面を見つめた。

「こちら、轟町の現場です」

救急車、パトカーの映像が映し出された。

「ええ、被害の状況をお伝えします。長野仙一さん、四十五歳ですが、病院で死亡が確認されました。長野さんは立川建設の現場監督です」

記者がそう報道すると京子の顔色が一瞬で蒼白になり、「ええ！」という大きな声を上げた。

「知ってる人？」

恵一は心配そうに尋ねると、

「……私の元旦那なの。たぶん間違いない」

「子どもと一緒に暮らしているって言ってたよね。連絡を取った方がいいんじゃないの」

恵一に言われて京子は考え込んだ。

「そうね……連絡取った方がいいわね」

重い腰を上げると京子は受話器を取り上げ、番号を押した。

誰も電話に出ない。何度もかけ直すが誰も出ないようだ。

「誰も出ないわ。病院かしら」

京子は不安げに恵一の顔を見た。

「とにかく病院に行こう。一緒に行くよ」

身支度をして二人で出かけた。

病院は警察に問い合わせてすぐにわかったが、病院前はマスコミらで騒然となっていた。病院の受付で「長野仙一の身内の者です」と告げると、地下の霊安室に案内された。

霊安室の前には仙一の親族と思われる年配の女性が一人と小学生らしい男の子が長椅子に座っていた。それともう一人、男性が警察官から事情を聴かれていた。

京子は女性と男の子の顔を見ると、小走りに駆け寄った。

「京子さん」

「お義母《かあ》さん」

二人は暫く黙ったまま顔を合わせていたが、女性が「仙一はこの中よ」と部屋を指さした。

書　名				
お買上 書　店	都道 府県	市区 郡	書店名	書店
			ご購入日	年　月　日

本書をどこでお知りになりましたか?

1.書店店頭　2.知人にすすめられて　3.インターネット（サイト名　　　）

4.DMハガキ　5.広告、記事を見て（新聞、雑誌名　　　）

上の質問に関連して、ご購入の決め手となったのは?

1.タイトル　2.著者　3.内容　4.カバーデザイン　5.帯

その他ご自由にお書きください。

（　　　　　　　　）

本書についてのご意見、ご感想をお聞かせください。

①内容について

②カバー、タイトル、帯について

弊社Webサイトからもご意見、ご感想をお寄せいただけます。

ご協力ありがとうございました。

※お寄せいただいたご意見、ご感想は新聞広告等で匿名にて使わせていただくことがあります。

※お客様の個人情報は、小社からの連絡のみに使用します。社外に提供することは一切ありません。

■書籍のご注文は、お近くの書店または、ブックサービス（0120-29-9625）、セブンネットショッピング（http://7net.omni7.jp/）にお申し込み下さい。

料金受取人払郵便

新宿局承認

3971

差出有効期間
2022年7月
31日まで
（切手不要）

郵便はがき

160-8791

141

東京都新宿区新宿1－10－1
（株）文芸社
愛読者カード係 行

ふりがな お名前		明治 大正 昭和 平成 年生 歳		
ふりがな ご住所	□□□-□□□□	性別 男・女		
お電話 番 号	（書籍ご注文の際に必要です）	ご職業		
E-mail				
ご購読雑誌（複数可）		ご購読新聞 新聞		

最近読んでおもしろかった本や今後、とりあげてほしいテーマをお教えください。

ご自分の研究成果や経験、お考え等を出版してみたいというお気持ちはありますか。

ある　　ない　　内容・テーマ（　　　　　　　　　　　　）

現在完成した作品をお持ちですか。

ある　　ない　　ジャンル・原稿量（　　　　　　　　　　　　）

傍らの少年はその女性の腕にしがみついて京子の顔を見つめていた。

恵一は京子達から少し離れた場所で、その光景を見つめていた。

京子は一人、霊安室の中に入っていった。

数分後、やや疲れた顔をした京子が部屋から出てきた。京子は老女と一言、二言言葉を交わして、恵一の方に歩いてきた。

「お義母さんと少し話したいので先に帰っていてくれる」

「一緒にいなくて大丈夫？」

「ええ、子どものこともあるし」

そう言うと京子は老女と男の子のもとに行った。

(他人が口出す場面でないな)

そう思って恵一は病院を出た。

京子が戻ってきたのは午前0時近くになっていた。

「ただいま。遅くなったわ。ごめんなさい」

「疲れたろう。お風呂沸かしてあるから」

「ありがとう」

「それで……子どもさんのことはどうなったの?」

「ええ、お義母《かあ》さんも仙一さんを亡くして気弱になってね、お義母さんと太一、義弟さんのもとで暫く生活することになったんだけどね」

「子どもさん、太一君っていうのか……太一君はどうなの?」

「うん、おばあちゃんと一緒にいたいみたい。私、嫌われているからね」

京子はそう言うとふっとため息をついた。

恵一は、京子と太一の間に渡れない川のようなものがあるのを感じた。

「よかったら、子どもさんのこと、少し聞かせてくれない? 赤の他人の俺が聞いても仕方がないかもしれないけど」

「赤の他人か……」

京子はそう言うとさびしそうに恵一を見た。

「ごめん。つき離すつもりで言ったんじゃないよ。つらい過去を背負った者同士、お互いのことを知りたいと思って」

恵一は弁解がちに言った。

「太一は未熟児で生まれてね。難産で十五時間くらい出産にかかったかなあ。苦しかったわよ」

京子はゆっくりと話し始めた。


太一は発達がやや遅れていて、話すのも遅く、一人で歩き出したのも三歳になってからだった。

当時、仙一は多忙で帰宅時間も遅く、京子はひたすら一人で太一の世話をしていた。

京子は太一の発達の遅れを気にしながらも、そのきつい性格から何事に対しても叱りつけてばかりで、そのうち、手を上げるようになっていった。まさしく虐待と言っていいものであった。太一はそんな京子になつかず、泣くことが多かった。

ところが幼稚園に登園するようになってからのある日のことだった。

太一が幼稚園に行くのを渋り泣き止まなかった。幼稚園のバスが来る時間になっても泣き止まず、京子は太一の顔面を思い切り平手打ちした。鼻から血が流れ、とまらなくなった。太一は悲鳴を上げて京子のもとから逃げ出し、部屋の片隅にうずくまった。

その時、ちょうど仙一の母妙子がやって来た。太一の様子を見て妙子は動転し、病院へ太一を担ぎ込んだ。鼓膜が破れ、手術を受けるほど傷は深かった。

この出来事の後、仙一と京子の夫婦関係は決定的な溝をつくり、離婚までにそれほど時間はかからなかった。そして、太一は父親に引き取られていった。

京子に子どもへの愛情がなかったからか。夫を愛していなかったからか。今でもよくわからない。母親としての務めを果たそうと、一生懸命がんばっていた自分がいたはずだ。だが、思った以上に現実は厳しく、京子は思う通りにならない生活のつらさに負けた。そうとしか言えなかった。一時は太一と一緒に死のうと考えたこともあった。ただ、実行はしなかったが……。

仙一と太一と別れて一人暮らしになり、ニュース番組で虐待のことが報道されるたびにテレビを見るのがつらく番組を変えていた。

恵一は京子の話を聞きながら、太一の病院でのおびえた顔を思い出していた。

「子どもへの愛情は変わっていないんだろう?」

恵一は京子の目を見つめながら反応を待った。

「……」

京子は窓の方を見つめ、考え込むような仕草をした。

「ま、ゆっくり考えればいいさ。あんたと太一君の血のつながり、絆は切れないのだから」

「ええ……わかっているわ。考えるわ」

田乃中は保護観察所の応接室に座っていた。

「やあ、安西さん、忙しいところすまないね」

「田乃中先生、その後、担当の山下はどうですか？」

「うん、三浦恵子の担当の山崎保護司のところに行きましてね……」

「へえ、あの山崎保護司のところへ。でも、当の山崎先生からは三浦の担当を他の人に替えてくれって言われてましてね」

「あのばあさん、自分が手を焼いているのを人に押しつけようと……」

「ばあさんだなんて、先生も口が悪い」

安西観察官はにやりと笑った。

「それでね、安西さん……三浦と山下を会わせたいと思っていてね」

「ええ！　それはまずいんじゃないですか？」

「まあ、安西さんの立場からすると、保護観察の対象者同士を会わせるのはなあ。更生を妨げることになるちゅうこっちゃな」

「先生もようわかってはる、なら……」

「でも山下は無実なんや。あいつの言葉に嘘はないと思っとる。そんなやつをほっておけるか！」

安西は困ったように眉間にしわを寄せた。

「これはわしの責任でやるから安西さんには迷惑はかけん」

そう田乃中が言うと、安西は諦めるしかなかった。


保護観察所の帰りに、田乃中は三浦恵子のマンションを訪問した。オートロック式のため、容易に入れない。呼び出しフォンを鳴らしたが不在のようだった。

５０２号室の郵便受けを見ると、郵便物はたまっていない。

（少し待ってみるか）

田乃中はマンションから少し離れた空き地でタバコをくゆらせた。

二時間ほど経ち、夕飯時が近づいていた。

マンションから一人の女性が派手な化粧といかにも水商売風の格好で出てきた。田乃中の勘が働き、その女に近づいた。

「すみません、三浦恵子さんですか？」

「ええ、そうよ」

恵子は不審な人物の出現に身構えた。

「いや、私……保護司の田乃中言います」

「保護司さんが何の用？」

「わしは山下恵一を担当している保護司です」

「山下恵一……」

恵子はそうつぶやくとはっとした。

「少し三浦さんからお話を聞きたいと思いましてん。時間が取れるようならお願いしたいやけど」

恵子は少し考えて「じゃ、喫茶店で話しましょうか」と答えた。

田乃中は客の少ない喫茶店で恵子と向かい合っていた。

「三浦さん、あんた、山下さんが刑務所から出所したんや、知っとる？」

「やっぱり……出ていたのね」

「やっぱりというと、どこかで会ったんか？」

「ええ、前にチラッと見かけた気がしたの」

「三浦さん、あんた、山下さんが無実ということは知ってるやろ」

「無実？」

「そうや、わしは山下の担当になってなあ、あの人が人殺ししたとは思えんのや。……あの事件にあんたが絡んでいると聞いている」

「そんな昔の話……記憶も薄れてよく覚えていないわ」

「嘘つくのやない！　事件のこと覚えてるやろ。山下はあんたの身代わりになったんやろ！」

恵子は田乃中からそう単刀直入に言われてショックを受けたように黙り込んだ。

「わしは山下さんが気の毒なんや。罪をかぶって六年間も刑務所に入った。無駄な時間を過ごしているんや。家庭も教師の職も棒に振ってなあ。それがあんたみたいな人のためにな」

田乃中はそう言うと恵子を睨みつけた。

「おっさん、何言うてんのか、ようわからんわ。私はたまたま事件の現場に居合わせただけ。山下先生がそんな言い訳をしていたなんて知らなかった。もう私、これから仕事に行かなあかんので、帰るわ」

恵子はそう言うと喫茶店から飛び出した。

残された田乃中は「ああ、ちょっとやりすぎたかなあ」とつぶやき、ミルクティを一気に飲んだ。

恵一は次の日、田乃中から三浦恵子のことを聞かされた。

「田乃中さんには感謝してます。けど、もうこれ以上は田乃中さんでも無理と思います。事件から六年が経っていますし」

恵一はそう言うと田乃中に頭を下げた。

「山下さん、わしはあの子が事件のことをあんたに押しつけて、平然と生きているのが許せへんのや。それもまっとうな生き方とちゃう。わしは会ってそう感じた」

恵一は田乃中の顔を見つめて、

「先生、あの事件が結局、あの子の人生を狂わせたんだと思います」

そう言ってため息をついた。

「安西観察官、山崎保護司から電話です」

安西は受話器を取り上げた。

「はい、安西です。山崎先生ですか、どうもいつもお世話になっております。はい……ええ⁉　三浦恵子が自宅を引き払った！」

「そうなんですよ。私がマンションを訪ねたら部屋がもぬけの殻で、管理人に聞いたら五日ほど前、急に引っ越すと言って夜に出て行ったそうです」

「わかりました。彼女は保護観察中ですから、あとは私の方で調査します。三浦から何らかの連絡があったら、私に至急連絡をください」

「ええ、わかりました。あの子はたぶん連絡はしてこないと思います。暴力団員風の男と交際していたという話を管理人から聞きました。そんな男が時々部屋に出入りしていたようです」

「そうですか。わかりました」

安西観察官は山崎からの電話を置くと、田乃中に連絡を入れた。

そして田乃中から三浦恵子と会ったことを聞くと、

「ああ、やっぱり。その話を先生から聞いて怖気付いたんですかね。それで引っ越しをした」

「安西観察官、三浦が引っ越したのは私にも責任があるから、ちょっと私の知り合いに聞いてみるわ」

「先生、あんまり深入りしないで下さい」

「わかっている。安西はんには迷惑はかけん」

田乃中との電話を切ったあと、安西は同僚に「ちょっとタバコを吸ってくる」と話して部屋を出た。

(三浦が田乃中先生の話を聞いてからすぐに部屋を引き払ったとすると、田乃中先生の話もまんざら嘘ではなさそうだな。三浦が逃げたのはたぶん組関係者のところだろうな)

廊下を歩きながら安西は冤罪という言葉が頭の中に浮かんだ。

九　被害者遺族

恵一に田乃中から電話があった。

「やあ、忙しいところ、すまんな。ちょっと話したいことがあって、時間が取れるか？」

恵一は二つ返事で答えた。

ちっちゃな喫茶店の奥に田乃中とそれに安西観察官が座っていた。恵一は安西も来ているのを見てやや身構えた。

「やあ山下さん、久しぶり。田乃中先生に頼まれてな。あんたの無罪を証明するのに協力するで」

恵一に向かって安西が真顔でそんなことを話しかけてきた。

「すみません、こんな私みたいなもののために……」

「仕事柄、冤罪やというやつはようけ見るけど、あんたの場合は確かではないかと思ってな。三浦恵子が行方をくらませたというのもうなずける」

田乃中は安西が話し終わるのを待って、恵一に向かって説得するような口調で話しかけた。

「あのな、山下さん、被害者のお母さんがまだ健在で和歌山市に住んでるのは知ってるかなあ」

「ええ」と恵一はうつむきかげんに返事をした。

「安西はんにその山倉さんのお母さんのことについて調べてもろうたんや」

安西が身を乗り出すようにして、ややもったいぶった口調で話し始めた。

「山倉幸子さんの母親悦子さんは六十七歳で、和歌山市内に一人暮らししてはります。幸子さんは一人娘で、学校へは自宅から通われていたようですね。一度、被害者遺族の調査で和歌山の保護観察官が調査をしていまして、山下さんへの感情は非常に悪いと聞いています」

恵一は安西の話を聞きながら判決が出る前の未決で拘置所にいる時、一度、山倉悦子が恵一と面会した際のことを思い出していた。付き添いの弁護士と一緒に恵一の前に現れた時の様子が蘇ってきた。

やつれた顔で目だけがきっと睨むように恵一を見つめていた。一人娘を奪われた悦子の哀しみが胸に突き刺さるようであった。あの時の光景はいまだに恵一の脳裏に刻みつけられていた。

「山下さん、山倉悦子さんの家に行ってみませんか?」

そう田乃中から言われて、恵一は「えっ」という言葉を発し、その後、言葉をのみ込んでしまった。

「まあ、あんたのつらい気持ちもわかるけどなあ、山倉さんに会って、あの事件についてもう一度調べてみたいと思ってるのや。それに山倉さんはあんたに恨みを抱いているかもしれへんけど、やはり真実を伝えてやる必要があるんとちゃうかと思ってなあ」

恵一は田乃中の話を最後まで聞いたが、言葉は出なかった。傍らにいた安西が口をはさんだ。

「田乃中先生はちょっと突っ走り過ぎはるけどなあ、あんたのことを考えてこう言うてくれはんのや。それに私も山倉悦子さんには本当のことを話してあげるべきやと思うで」

二人からたたみかけられるようにして話を聞かされた恵一は、じっと考え込んでいたが、意を決したようにうなずいた。

安西と田乃中はほっとした顔を見せた。

「それじゃ、私から山倉さんの方には連絡を入れてみます。面会を断られるかもしれへんけど、話してみます。会ってくれることが決まれば、日時を打ち合わせしましょう」

安西が席を立った。

恵一と田乃中が喫茶店を出たのは午後三時過ぎだった。

それから一週間ほどして、安西から田乃中に山倉悦子が面会に応じてくれるとの連絡が入った。

その日は、久しぶりに雲ひとつない快晴であった。ただ、恵一にとっては心に重い石が乗ったような気持ちであった。

駅から徒歩十分くらいの距離にある住宅街の一角に山倉の家があった。築三十年くらいは経っているかと思われる、老朽化した住宅。近辺は住宅の建て替えが進み、その家だけが逆に目立つような建物であった。

田乃中と恵一、安西の三人はその玄関に立った。

山倉という表札も年季を感じさせるものであった。

恵一はふうっとため息をついた。安西がインターフォンを押した。

暫くしてインターフォンに女性が出た。

「保護観察官の安西です」との呼びかけに「はい」と高い声の女性が答えた。

暫くして玄関のドアが開いて老齢の女性が顔を見せた。女性の三人を見る目は意外に穏やかだった。

「さあ、どうぞ入って下さい。狭い家ですけど」

女性はそう言いながら三人を招き入れた。

六畳くらいの部屋に案内された。部屋には仏壇があった。

「はじめまして、安西です」

「こちらが田乃中保護司、そしてこちらが……」

安西が紹介する前に「山下です」と恵一が答え、年老いた女の顔を見つめ、頭を深々と下げた。

「山倉悦子です」

山倉も丁寧に挨拶して、じっと恵一の方を見つめた。

恵一を見つめる目は哀れみを含んだ目だった。恵一が未決の時に受けた視線ではなかった。時が悦子の感情を変化させたのか――。

「山倉さんも娘さんが亡くなってつらい日々を過ごされていたと思われますけど、今日は無理を言って面会に応じて下さってありがとうございます。まずは仏壇におまいりさせてもうてよろしいか」

安西が早口に話すと、悦子は微笑みながらうなずいた。

三人は順番に仏壇の前で手を合わせた。

悦子が出してくれたお茶をすすりながら、田乃中が意を決したように口火を切った。

「お母さん、今日は、娘さんの死のことでお聞きしたいことがありましてね。お母さんにはつらいお話をすることになります」

山倉悦子は田乃中の言葉に動じることなく、黙って聞いていた。悦子の口から意外な言葉が漏れた。

「ええ、私からも皆さんに聞いていただきたい話がございます」

「山倉さんのお話をまず聞かせていただけますか？」

田乃中ははやる気持ちを抑えて山倉悦子を見つめた。

「ありがとうございます」

悦子が深々と頭を下げた。

「娘は学校の教師としては半人前でした。私が過保護に育てたせいで、すぐ弱音を吐きましてね。学校を辞めたいと悩んでいた時期もありました。私は大変な職場ですから、きっと娘には長くは続かないとわかっていました。しかし、娘が亡くなる年でした。やけに生き生きした表情を見せて、やる気が出たなどと申すようになりました。私は教師になってやっとやる気が出たのかなあと思っていました。娘が亡くなってから暫く経って、私もようやく精神的に落ち着き、娘の遺品を整理しておりましたら日記が出てきました。娘の日記を読んで、どうして娘がやる気を出していたのかがわかりました。山下先生と同学年の担任になり、山下先生が懇切にご指導して下さったのがわかりました。娘の日記には毎日、山下先生から教わったこと、今日は山下先生と遠足の下見に行った、などと書かれておりました。山下先生には憧れ、というか恋心でしょうか、そのような感情を持っていたようです。娘が憧れていた山下先生が娘を殺すなんてことはおかしいと気付きました。事件直前まで何事もなく日記が書かれていたのですから。山下先生とトラブルがあったなどという記載は一切ありませんでした。今日は、山下先生の口から、そのお話を聞かせていただきたいと思います。私は真実を知りたいのです。娘がなぜ死んでいったのか。それが母親としての役目だと思っています」

悦子が一気に話すと恵一の顔を見つめた。

恵一はその目に促されるようにゆっくり話し始めた。

「山倉先生は……真面目な先生でした。私はよく山倉先生とクラス運営についてお話ししていました。あの事件のこと、お母さんにお伝えするのはつらいです。つらいですが……私も彼女の仏前できちんとお母さんに報告しなければならないと思いました」

「私もあなたのその言葉を心待ちにしていました。どうぞ、事実を話して下さい」

「山倉先生はある生徒の投げたカッターナイフに当たったんです。あの現場は……偶然としか言えません」

「生徒？　山下さん、もしかして……三浦恵子という子ではありませんか？　もしそうなら、幸子は三浦恵子に殺されたんだと思います。三浦恵子は幸子のクラスの子でした。それと関係はあまりよくなかったようです」

「関係が悪かった？　どうしてわかるんですか？」

田乃中が口を挟んだ。

「幸子の日記に三浦恵子との出来事が綴られているんです」

そう悦子は言うとそのまま立ち上がり、隣の部屋に引っ込んだと思うと、日記を持って出てきた。三人の前に少し古くなった日記帳が置かれた。

「どうぞご覧になって下さい」

悦子がそう言って日記のある箇所を指し示した。

五月九日（火）

今日は一日嫌な日だった。クラスの三浦さんがまた苦情を言いに来た。私と山下先生が学校が終わったあと、駅まで一緒に歩いていたことを目撃したらしい。山下先生に付きまとうなということらしい。一体何なのだろう。山下先生に憧れる気持ちはわかるが、私はたまたま一緒に歩いていただけなのに……。とにかく適当に受け流しておいた。

五月二十五日（木）

職員会議で山下先生が学園祭の内容について説明をされていた。学園祭は九月だが、そろそろその準備に向けて動かないといけない。大変だ。山下先生は熱っぽく説明されていた。私も山下先生と一緒に頑張りたい。

六月四日（日）

このところ、三浦さんがなんやかやと難癖をつけてくる。授業中の態度もよくない。一度家庭訪問して親と話し合った方がよいか……。

六月十日（土）

三浦恵子さんがしきりに山下先生のところへ行っているという話をクラスの子から聞いた。困った子だ。まだ高校生なのに、先生を男性として見るなんて……。

六月二十日（火）

今日は三浦恵子さんの自宅を家庭訪問した。彼女の母親はパートで忙しいとずっと家庭訪問を断っていたが、今日はなんとかできた。恵子さんは外出中でいなかったが、母親からは様子を聞くことができた。恵子さんは帰宅時間が最近遅いようである。何をしているのだろうか。母親もその点を心配して問い詰めたらしいが、学校で忙しいとごまかしたようだ。母親もそれ以上は突っ込んで聞けなかったようだ。離婚し、母親と恵子さん、弟さんの三人家族、生活も苦しいようだ。今日はあまり長居もできず、適当なところで話を切り上げた。

六月二十八日（水）

恵子さんの学校での態度がよくないため、彼女の後をつけてみた。少し探偵気分だ。彼女は山下先生の自宅前まで行き、じっと山下先生が帰ってくるのを待っていた。なんという生徒だろう。山下先生にお話しすべきか……悩む。

恵一にとって驚く内容であった。

山倉悦子は恵一が大きなショックを受けたように見えたのか、

「山下さん、幸子がそのあと、三浦恵子に山下先生のストーカーをしないよう注意したようですが、そのあたりの詳しい話は日記に書かれてません。その話は以前、幸子自身から聞いた覚えがあります。その時はそんな生徒もいるんだくらいしか感じませんでしたが、日記を読んで三浦恵子とは感情のもつれがあったことがわかりました。山下先生が無実であったことはよくわかりました。私は三浦恵子がなぜあの時、カッターナイフを投げたのか。これを読んで、突然の出来事で気が動転して投げたものとは思いにくいのです。教師と生徒ではなく、女同士で争い、確執があったとすると……何か計画性がある事件のようにも思えます」

と、皆を落ち着かせるような静かな口調で話した。

「計画性……」

恵一が驚いたようにつぶやいた。

傍らの田乃中、安西も意外な話に驚いたようで山倉悦子を見つめた。

「これはあくまで、私が日記を読んで考えた末のことです。三浦恵子に直接問い質したい気持ちもありますが、何せ年には勝てません。その代わり、皆様に真相を追及してほしいのです。山下さんの再審請求を是非お願いしたいのです。私も協力します」

山倉悦子は年と言ったが、年齢を感じさせない毅然とした態度で恵一を見つめた。

「山下、お前、ありがたい言葉だぞ」

田乃中が上気した顔で言った。

山倉幸子の家には三時間ほどいたであろうか。

やや足を引きずるように玄関を出た。話の内容は重すぎて恵一の頭は混乱していた。

十　疑惑

「安西さん、請求していた記録が届きましたよ」

安西は事務官からそう言われ、机に置いてある記録を見た。

恵一の刑事事件記録だ。現場写真が添付されており、凶器のカッターナイフの写真が貼ってあった。カッターナイフの柄の部分はテープでぐるぐる巻きにされていたのに気付いた。

恵一の供述調書、山倉幸子の死体検案書が写真とともに貼りつけられていた。

心臓に命中し、出血性のショック死――。

三浦恵子も参考人で調書を取られており、調書には現場には居合わせていないし、山倉と恵一の関係は知らないとの供述が書かれてあった。その供述調書の中に三浦恵子が弓道部に所属していたことが書かれていた。

安西からその話を聞いて恵一は、恵子が弓道部では相当の実力を持っていると顧問の教師から聞いたことを今更ながらぼんやりと思い出した。

あの日、体育祭で弓道部はある技を披露することになっていた。小型の矢を手に持って的めがけて投げつける技だ。

三浦恵子は熱心に的めがけて投げる練習を重ねていた。その練習の甲斐あって見事、彼女は百発百中だった。すごいと歓声が上がった場面も思い出した。

(まさか……山倉幸子を当初から殺害する目的だったのか。でもなぜ殺すまで……)

恵一には理解できなかった。

「京子さん」

玄関から甲高い声で京子の名を呼ぶ女の声があった。京子がドアを開けると、そこには仙一の母妙子がいた。京子は一瞬ひるんだが、どうぞと部屋に招き入れた。妙子はダイニングテーブルの椅子に遠慮なく座り、周りを見回した。そして京子が入れたお茶を礼も言わずに一気に飲み干した。

「京子さん、仕事は順調なんでしょう?」

「ええ、不景気で店の売り上げは減っていますけどね」

「まあ、どこも同じだね。仙一の弟の会社も不景気で……いつリストラされるかわからない状態なんだよ。あの子も自分の家族がいるのにね。私はこの年で仕事ができないいし、孫たちに満足におもちゃも買ってやれない状態だからさあ……京子さん、はっきり言うよ。太一を引き取ってくれないかい?」

「……ええ」

京子はある程度予想していた。仙一が亡くなったからには、わが子のことを考えないわけにはいかなかった。ただ、病院で太一の顔を見た途端、またあのつらい日々が蘇りそうで怖かった。

「あんたに太一を預けるのは不安もあるけどね。また、虐待されるんじゃないか……とね。でもね、こう生活が苦しくなると仕方がない」

妙子はそう話すと溜息をついた。「虐待」という言葉を無神経に使う妙子に腹の底から怒りが込み上げてきたが、ぐっとこらえた。

「太一はどう言っているんですか？」

京子は恐る恐る聞いた。

「太一の考えていることはよくわからないよ。私が聞いてもきちんと答えないし、もともと無口な子だしね」

「お義母《かあ》さんの事情もよくわかります。太一さえよければ引き取ります」

不安は強かったが、妙子の手前、断るわけにはいかなかった。わが子である太一の将来も心配だった。

妙子が帰ったあと、京子はどっと疲れが出た。

また太一との生活が始まる。

太一を出産して京子は育児に専念するため、会社を辞めた。

太一は言葉が出るのが遅く、なにがしかの障害があるように思われ、三歳の時に総合病院で診察してもらった。ベテランの小児科医は京子の話と検査結果から、太一が発達障害の疑いが強いと診断した。いきなり「発達障害」というレッテルを貼られたのだ。

仙一も京子もショックで、その日は眠れない夜を過ごした。

それから京子と太一のつらい日々が始まった。仙一は仕事に逃げ、京子と太一、二人だけの時間が長く続いた。太一に手を上げることも多くなり、子どもの叫び声が家に響き渡る日が続いた。

ある日、児童相談所の職員が突然、訪問してきた。

近所の主婦が見かねて通報したようである。

太一の顔や体のあちこちにあざができていた。明らかに虐待ととられる状態だった。そして太一は部屋の片隅でやって来た職員を恐る恐る見つめていた。

太一は児童相談所の一時保護所に保護された。

数ヶ月後、太一は自宅に戻ることになったが、結局、夫婦関係は破たんし、そしてあの出来事により離婚後、仙一が太一を引き取った。

それ以来、太一とは会っていなかったが、病院で再会した時の太一のおびえる目が、再び思い浮かんできて京子の脳裏から離れなかった。

「ただいま」

恵一が帰宅したのは午後八時過ぎだった。

「遅くなってごめん」

京子はテーブルに座って肘をついて、うつろな目で恵一を見た。

「どうかしたの？」

恵一が心配そうに訊ねた。京子ははっと我に返って、

「ああ、ごめん、考え事してたね。ご飯はどうする？」

恵一は「いや、食べてきたからいいよ」と申し訳なさそうに話した。

「じゃ、私の分だけ作るね」

まな板と包丁の音がいつになく、小さく弱々しく聞こえた。

鍋から上がる湯気が京子の顔にふきかかる。

テーブルに小皿が並べられ、京子が食べ始めた。

恵一は居間のテレビを見ていた。テレビの音だけが部屋の中で響いた。

どの程度時間が経っただろうか。京子が耐えきれず口火を切った。

「子どもを引き取れって言われた」

ぼそっとこぼしたその言葉に、テレビを見ていた恵一ははっとして京子を見つめた。沈黙が続いた。

「子どもさんって、病院で会った男の子？」

恵一は病院での子どもの顔を思い浮かべた。やや神経質な感じの小学生、京子を見る目の印象が強かった。おびえているような目。

「虐待してしまった子どもを引き取る自信がないから困るの？」

「いえ、わが子だし、病院で太一に会った時から引き取ることは考えていた」

「義務感？」

「いえ、わが子だもの。義務感じゃないわ」

京子はそう強く言うと、恵一を睨みつけた。

「わが子と思えるなら大丈夫だよ。不安な気持ちはお互い持っているんじゃないかな。暮らしてみて徐々にわかり合うことが必要だよ」

「簡単に言うわね」

「俺が邪魔なら出て行くよ」

「逃げるわけ」

「逃げる？　親子の関係に邪魔になるならという意味だよ」

京子の手が恵一の手にかぶさった。きつくつかんでいる。

「私を助けてよ」

京子は恵一の胸の中に頭をうずめた。恵一の心臓の鼓動が京子に伝わる。

「私を助けて」

京子の両手はしっかり恵一の体をつかんでいた。

(俺達の関係って、いったい何だろうか。恋人、同居人、互いに傷をなめ合っているだけの関係か)

恵一は京子との関係がこの先どうなるか、見えなかった。

「助けてほしいの。私にはあなたしかいない」

京子の目から涙があふれてきた。

十一　新たな出発

恵一は、京子と一緒に長野妙子の家に出向いた。神戸市にあるその家は、築四十年は経つだろうと思われる家であった。

妙子は男と一緒に来た京子をきつい目で見たあと、家に招き入れた。

居間で暫く待った。やけに時間が長く感じられた。

恵一達の前に太一が姿を現した。妙子の陰に隠れ、京子を見つめていた。

「太一、お母さんと一緒に暮らそう。太一につらい目にあわせてごめんね。お母さん、もう昔のお母さんじゃないから。太一につらい思いをさせることは絶対しないわ」

京子はつらそうな顔で太一を見つめた。太一は表情を変えず、京子を見つめていた。

妙子は見かねて、

「太一、まあ、お母さんの横に座りなさい」

そう言うと、座布団を京子の隣に置いた。

太一はもじもじして動こうとしない。

恵一が座布団を少し動かし、恵一と京子の間に置いた。

「太一君、病院で一度会っているんだけど、ぼくは山下恵一と言います。今、お母さんと一緒に暮らしています。だから太一君と一緒に暮らすことになるね。よろしく」

恵一は笑顔で太一を見つめた。

「太一君、君の好きなものが自動車だと聞いてね、ミニカーを買ってきたんだよ」

恵一はそう言うと鞄から自動車のおもちゃを取り出し、太一の前に置いた。

ようやく太一の顔に子どもらしい輝きが戻ったように思えた。太一は車を手に取り、見つめていた。

「太一、ありがとうって言わないと」

妙子は太一に急くように言った。

「……ありがと」

本当に消え入るような声でつぶやいた。

「いいや、車で遊ぼうな。おじさんも車が好きでね」

そう言うと太一に向かってウインクをした。

「夫婦でもない男女と連れ子ね……」

妙子が吐きすてるようにつぶやいた。恵一は答えなかったが、「夫婦」という言葉に引っかかった。

「私は京子さんの友人で同居人なだけです。もし太一君が嫌がるようなら、私は出て行きます」

妙子と京子は驚いたように恵一の顔を見た。もっとも驚いたのは恵一自身かもしれない。勝手に言葉が出てきたのだから。

太一を引き取り、三人の生活が始まった。店は続けたが、京子は太一の帰宅時間に間に合うように店を切り上げて帰るようにした。

太一と京子の間はまだ普通の母子関係とは言いがたく、おばさんと知り合いの子どもという感じであった。

恵一は二人の間に入り、できるだけ二人の関係をよくするように気を配った。

太一は恵一に少しずつ心を開くようになり、会話も増えていった。ただし、太一には発達障害があり、おもちゃの車にのめり込むとそれだけしか見えなくなるところがあった。

恵一は教育実習時代、学級にアスペルガー障害がある生徒がいたので、発達障害に対してある程度知識があった。幸い太一は言葉の発達に遅れはないようであった。

恵一が仕事を終えて帰ると、京子、太一が食事を先に済ませていて、恵一は太一の遊ぶ車の動きを見ながら夕食をとることが日課になった。

「今度の五月の連休は皆でどこかへ遊びに行こうか?」

恵一が京子に話しかけた。

「うわー、そうね。太一と三人で遊園地なんてどう?」

「そうだね、枚方パークでも行くか」

恵一は久しぶりにわくわくする気分を味わった。

五月三日、枚方パークは家族連れで大賑わいだった。

太一が久しぶりに輝く目をしてはしゃいだ。

三人で手をつなぎ、誰が見ても夫婦と子どもにしか見えない「家族」だった。

恵一と太一がゴーカートに乗って楽しそうな様子を、京子は出口で目を細めて見ていた。

「これって幸せって言うのかなあ」

京子の顔から笑みがこぼれた。


田乃中保護司から呼び出されたのは、そんな五月の連休後だった。

酒屋の店先から中に入り、「ごめんください」と声をかけると田乃中が顔を出して、奥の部屋に招き入れた。

「いや、急に呼び出してごめんな。山下さんに伝えておくことがあってな。三浦恵子のことやけど、堺市に住んでいることがわかったんや。住民票を移して賃貸マンションに住んでいることが、安西さんの調査でわかったんや。あんた、三浦と直接会って話した方がええで」

田乃中からそう言われて少し間を置くと、

「わかりました。田乃中先生も一緒に行ってもらえますか？　私一人だと感情的になってしまうおそれがあって……」

「よっしゃ！　わかった、任せておいて。安西さんにはこの件は黙っておくから。反対されると思うからね」

「先生、すみません」

「あほ、わしは先生みたいに偉ないわ。ただのおっちゃんや」

「すみません」

そう言うと恵一は笑った。田乃中も腹の底から笑った。

十二　対決

三浦恵子のマンションは駅から二十分くらい歩いたところにあるワンルームマンションであった。

３０４号室のボタンを押すと、女性の声で返答があった。恵子も覚悟を決めたのか、すんなり部屋に入れてくれた。

あのレストランで見かけて以来であった。ややあの時より頬がこけた感じでやつれが見えた。

「先生、入ってよ」

そう言われて田乃中と一緒に恵子の部屋に入った。

六畳一間のワンルーム、ベッドとテーブルがあるだけの殺風景な部屋だった。

田乃中保護司から話を切り出した。

「あんた、暴力団員と交際してるやろ。クスリもやってんのと違うか？」

田乃中のストレートな表現に、恵子はきっと田乃中を睨みつけて「あんたには関係ないことやろ」とすごんだ。

恵一はすぐさま、

「三浦さん、あなたのことを思って田乃中先生は言って下さっているんだよ。それと……今日、来たのは三浦さんに聞きたいことがあったからなんだが……」

「聞きたいことって、何？」

「山倉幸子先生をナイフを投げて殺したこと、あれは偶然の出来事だったのか」

暫く沈黙が続いたが、恵子が耐えきれず話し出した。

「山倉先生は私のライバルだったの。山下先生が好きでたまらなかったの。だから山下先生のあとをつけたり、家の近くまで行って山下先生の様子を見ていたの。

それを山倉先生に知られてしまったのよ」

「じゃあ、ナイフを投げたのも偶然ではなかったのか？」

「山倉先生に投げたナイフには取っ手の部分にテープがまかれていて重心が調整してあり、投げやすいようになっていた。初めからナイフを投げるつもりでいたのか？」

「ふふふ、山倉先生が部屋に入ってくるのはわかっていたわ。山倉先生も山下先生のこと好きだということは態度からわかっていたわ。山下先生のストーカーをやめるように言われたのも、それでよ。なんとかしようと思っていたのは事実だわ。だけど、ナイフは偶然よ。咄嗟に近くにあったナイフを投げていた。殺すつもりはなかったし、まさか心臓に当たるとは思ってなかったわ。でもナイフは心臓に命中してしまった」

恵一は恵子の話を聞いてまだ迷っていた。

（三浦さんの言っていることは真実なんだろうか……）

田乃中が口を挟んだ。

「あんた、山下さんが刑務所に入ったことをどう思っているんや」

「山下先生には悪かったと思っている。刑務所に一度手紙を送って謝罪したけど、ずっと山下先生のことは気になっていた。私が刑務所に入ればよかったと思っている。そうすれば、やくざなんかの相手にならずに済んだかもしれない」

恵子はそう話すと目から涙が溢れて頬をつたった。

「あんた、警察に自首したらどうや。真実を話すんや。あんたの人生をやり直すんや。今からでも遅くはない。やり直しがきくで」

田乃中が熱っぽく語ると恵子はうつむいた。

「あの時、咄嗟に三浦さんのことをかばったけど、それは間違っていたと気付いた。三浦さんの人生をだめにしてしまったのは私ですね」

恵一は恵子の肩にそっと手をやった。その肩が小刻みに震えて嗚咽を漏らしていた。

その日、警察署に三浦恵子と山下恵一が一緒に入っていった。警察では長時間の取調べがあった。恵子は明日、もう一度詳しく取調べを受けることになり、その夜遅く釈放された。恵一は恵子の取調べが終わるのを外で待ち、警察から自宅まで送り届けた。その間、二人の間で会話はなく、疲労感のみが残った。

恵一が自宅に戻ったのは、午前零時三十分を回っていた。京子は休まずに待っていてくれて、警察での取調べの様子などを話して寝たのは午前二時過ぎであった。

疲れていたのか、恵一は悪夢を見た。恵子がナイフを握っていて、恵一がナイフを捨てるよう説得している場面だった。恵子は恵一に罵声を浴びせ、自分の胸を一突きするが死ななかった。恵子は死ねない体になっていた。恵子は自分が死ねないことがわかると、恵一に飛びかかってきた。

そこで目が覚めた。体中、汗をかいていた。

奇妙な夢だった。恐ろしい夢だった。


恵子のことが心配になり、翌日、恵一は恵子のマンションに向かった。

恵子は仕事をやめて自宅にいた。

恵一がドアの前に立っているのを見ると、中に招き入れてくれた。

恵子の入れてくれたコーヒーに口をつけると一気にすすった。

「昨日は大変だったね。でも、これでよかったと思う。君も出直すんだ。やり直しはきくよ」

恵一が言うと恵子もうなずいた。

「私も昨日、警察官には正直に話した。どんな罰を受けるにせよ、これでよかったと思っているわ」

恵子は憑きものが落ちたようなさっぱりした顔をしていた。

「今、付き合っている男とは別れた方がいい。暴力団員なんかと付き合わないでほしい」

「はい、先生。あの男は私の体だけが目当てなの……別れるつもりです」

恵一は恵子との話が終わると、そのまま店に向かった。店では木下と京子が忙しそうに働いていた。

「やあ、ごめん、気になっていたことがあってね。でも片づいたから」

恵一はそう言うと仕事に取りかかった。

三浦恵子は、その数日後、マンションから死体で発見された。

死因は絞殺――。

警察の捜査から田所龍也に容疑がかかり、指名手配された。

恵一は新聞の報道で事件を知った。

「はい、先生……別れるつもりです」

三浦恵子の言葉、最後に「先生」と言った声が耳にこだまする。

(男に別れ話を持ち出して殺されたのだろうか……)

薄幸の教え子のことを悔やんだ。

(三浦恵子にとって人生とは何だったのだろう……)

自分が勝手に身代わりになって、事件を背負い、生徒を救った気でいた。それが彼女の人生を台無しにしてしまったのだろうか——。

三浦恵子の死の一か月後、恵一の再審の手続きが取られた。裁判では再審請求が認められ、再審の結果、恵一の無罪が確定した。

あっという間の数か月だった。

三上京子と太一と公園で遊ぶ恵一がいた。久しぶりにおだやかな気持ちになれた。

刑務所での六年間はむなしかったが、恵一にとって無駄な六年ではなかった。

「ねえ、私達、本当の夫婦にならない？」

京子が突然、恵一に向かって言葉を投げかけた。

恵一は暫く黙って京子を見つめていた。

「刑務所出の男が夫でいいのか？」

「馬鹿なこと言わないでよ、無実の人でしょ。これから刑務所のことは言わないで」

京子は恵一を見つめてたしなめるように言った。

京子、太一、恵一の三人の家族が今後どのような生活を送ることになったのかわからない。しかし、三人の絆の強さは今後も変わらないであろう。

公園にはさわやかな風が通り過ぎていった。

著者プロフィール

小野 篤郎（おの あつろう）

1959年、大阪府出生
大阪教育大学で心理学を専攻
心理学を活かせる保護観察官になる
保護観察所、地方更生保護委員会で保護観察官として犯罪者や非行少年の更生に努力する
執筆時は京都保護観察所長
その後、近畿地方更生保護委員会勤務
執筆書籍に『ケースファイル　非行の理由』専修大学出版局（共著）がある
ブログ「エリクの相談室」(FC2ブログ) を開設

新装版　田乃中保護司の事件簿　絆

2020年10月15日　初版第１刷発行

著　者　小野 篤郎
発行者　瓜谷 綱延
発行所　株式会社文芸社
〒160-0022　東京都新宿区新宿1－10－1
電話　03-5369-3060（代表）
03-5369-2299（販売）

印刷所　株式会社エーヴィスシステムズ

ISBN978-4-286-21988-2